濱 夢助の
Hama Yumesuke no senryu to Dokugo
川柳と独語

雫石 隆子 編
Shizukuishi Ryuko

新葉館ブックス

雪国にうまれ
雪国に到らされる

夢助

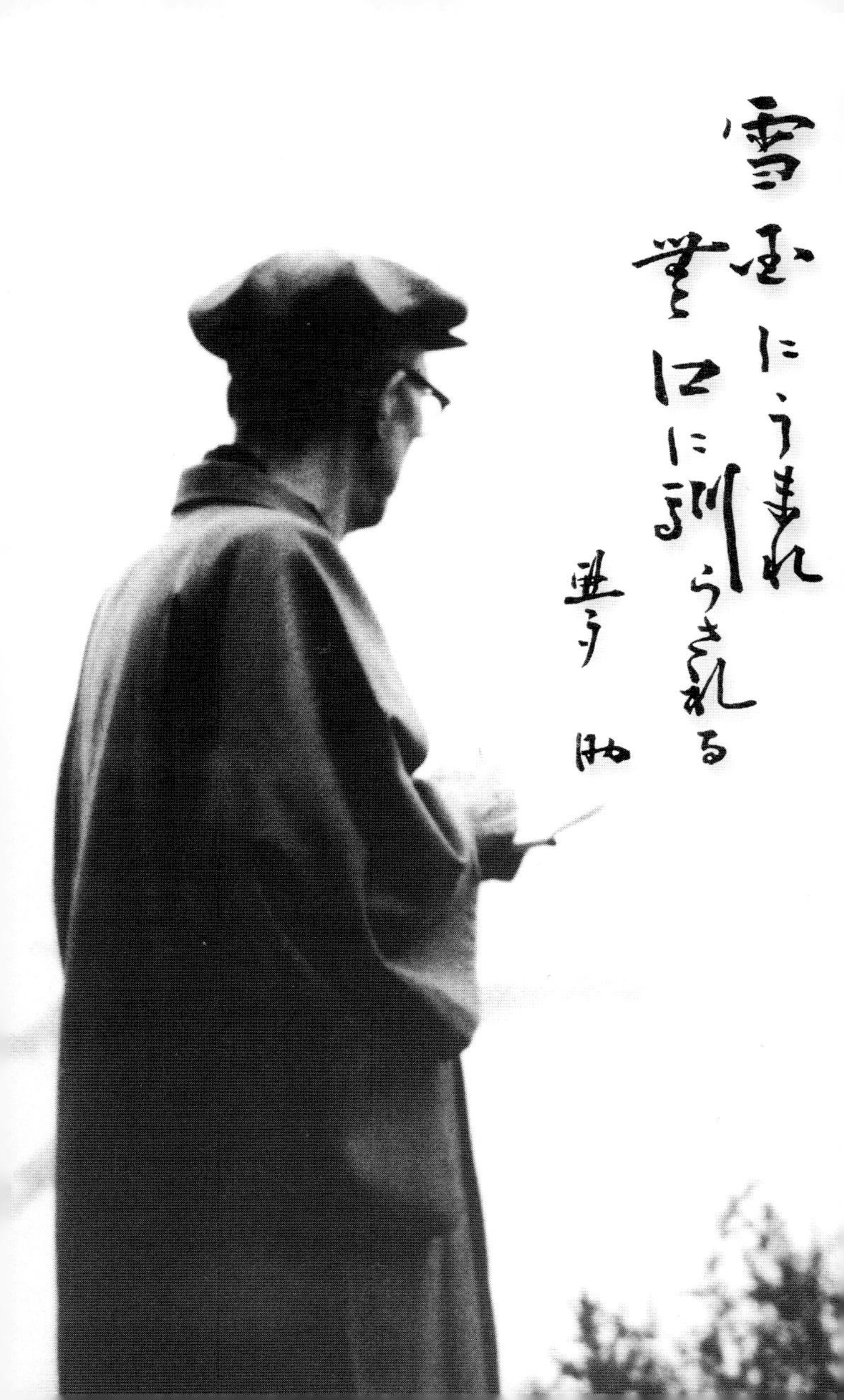

いつも多くの弟子に囲まれていた夢助。「夢さんの人と為りは、東北特有の無口であり謹厳そのもの」「その句風においても真の人生詩としての川柳を遺憾なく発揮されている」とは福島の大谷五花村の評。

右：夢助が生涯の師と仰いだ剣花坊主宰の「大正川柳」。初投句は大正末期の15年から。
左：昭和16年「川柳北斗」1月号。

明治

23年 4月20日仙台市玉澤横丁（東一番丁と国分町をつなぐ小路）濱家の長男に生まれる。本名は喜三郎、濱家は父祖三代にわたる鶏肉鶏卵店を営む。

26年 3歳の年に生母が濱家を出る。間もなく継母が迎えられ9人の弟妹が生まれる。

30年 仙台一の繁華街に生まれ育ち、6、7歳の頃から近所の芝居小屋「松島座」に入り浸り、時には子役として舞台に上がることもあった。

34年 小学校尋常4年の担任だった文芸好きの女教師の求めに応じて和歌を一首提出。《鈴虫の草に隠れて鳴くよりもひとに取られて鳴くぞ悲しき》

38年 市立仙台商業学校入学（予科2年、本科3年）。当時のノートの表紙には「冬木立」「春霞」など、季語のような表題を書いている。

42年 本科3年の春、東京から関西へ修学旅行に行く。学友雑誌に掲載する、18日間の

東北川柳界の登龍門と呼ばれた「河北新報」柳壇選者になった夢助は、30余年にわたって多くの川柳作家を世に輩出した。上：昭和4年代から、夢助を講師に国立宮城療養所にて川柳講座が行なわれた。下：昭和26年9月29日、仙台市内鉄砲町佐藤宅にて。後列中央が夢助。

大正

旅行記を担当するが、要所、要所に俳句川柳を挿しはさみ、校長から呼び出しを受け「商業の生徒の資格はゼロだ、こんな余計な俳句とも川柳ともつかぬ文章を」と説教される。この校長の言葉が、この道を志す一動機となったと後年、書いている。

元年 東北新聞に掲載の「ヘナブリ」を知り、「東京ヘナブリ会」へ入会。8ヵ月目にようやく入選を果たす。また講談雑誌や新聞投稿することでこの道に入る。終生の友、岩井東華と会ったのもこの頃である。

2年 仙台青吟社設立。岩井東華、黒沢文江、夢助の3人で新しい傾向の俳句を目指す。月2回の句会は、俳句と雑俳を交互に20数年持続する。夢助の俳号は真砂。

3年 川柳、短歌、俳句、ヘナブリ、冠句、都々逸、謎々、笑話、ものは付けなどに熱心に投句。ついに投書家番付で東の横綱になる。夢助、伊藤さとと結婚。後、二男三女に恵まれる。

左上：昭和29年秋、仙台市内の野草園に吟行。後列右から4番目が夢助。右上：昭和30年代、国立玉浦療養所にて若い弟子たちに囲まれる。

ＰＥ（進駐軍キャンプ）川柳会の送別句会にて。

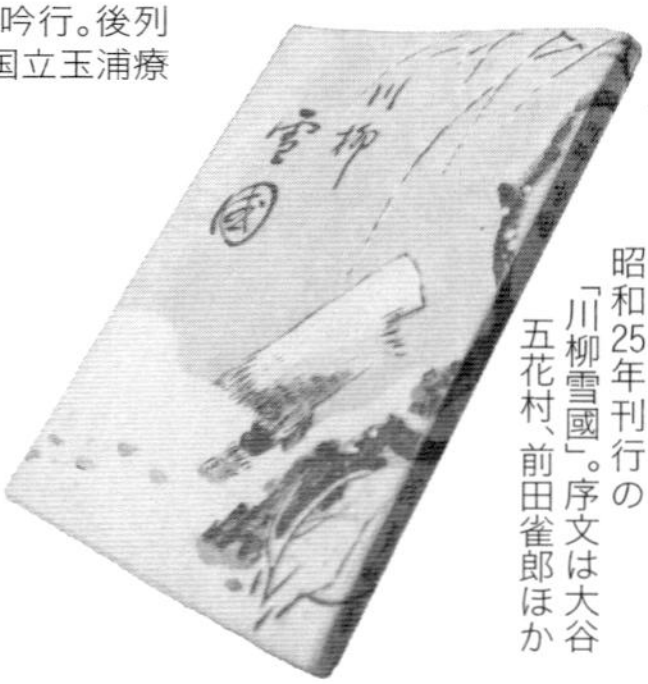

昭和25年刊行の「川柳雪國」。序文は大谷五花村、前田雀郎ほか

大正

15年　井上剣花坊の「大正川柳」に投句を始める。

昭和

2年　投稿を通じて何時とはなく追慕し、剣花坊の弟子を自任していたが、川柳生活の記念に1月1日に誕生した三女の命名を剣花坊に依頼。「歌子」と命名され、剣花坊から祝吟に《鶯の歌で溶かせる梅の雪》《黎明の大気の中に開く花》を贈られる。

4年　河北新報川柳壇の選者になる。戦時中の中断はあったが、30余年にわたって東北川柳界の登竜門と言われた、この柳壇の育成指導にあたる。

8年　仙台放送局(現NHK仙台局)の招きで来仙した剣花坊と最初で最後の出会いを果たす。滞在の2日間は、同行の川上三太郎も一緒に仙台を案内する。夢助は『逢い初めの見納め』となった唯一度こそ私を、川柳に終生身を捧げしめる事になったのだから奇しき因縁とも

上：左から後に宮城野社主幹を継承する後藤閑人、夢助、４代目主幹となるちば東北子。左下は昭和32年４月14日、川柳宮城野亘理支部発会記念句会の模様。

昭和22年刊行の「川柳宮城野」創刊号、2号、3号。創刊号序文は井上信子。

言わねばなるまい」と後年、記す。

9年　9月11日、井上剣花坊逝去。

12年　10月、川柳北斗社を興し「川柳北斗」創刊。月刊誌として17年9月まで発行。戦後復刊するも一年で廃刊。

19年　12月、私立東北中学校の教師になる。昭和23年の春、病気で退職。

22年　9月、川柳宮城野社を創立して主幹となる。翌月、「川柳宮城野」を創刊。

25年　9月に還暦を記念、句集「川柳雪國」を発行する。

35年　3月、古希を記念して句集「川柳をぐるま」を発行。

37年　10月30日、仙台市内の泉丁にて逝去。戒名は「大智院喜翁良道居士」。市内の大林寺に眠る。仙台市青葉区西公園、市民憩いの場に句碑建立。代表句《雪國にうまれ無口に馴らされる》の自筆が刻まれている。

昭和33年5月11日、息子で川柳作家の漂舟の経営する店のレクリエーションに誘われ松島周遊へ。この時は「ホトトギス」への投句を目的に《松島の松のみどりに繋ぎ舟》などの俳句を7、8句作った。

仙台市西公園に建立された夢助の句碑《雪國にうまれ無口に馴らされる》。寡黙なればこそ、彼が時おり発するひと言ひと言が弟子たちの胸を打った。

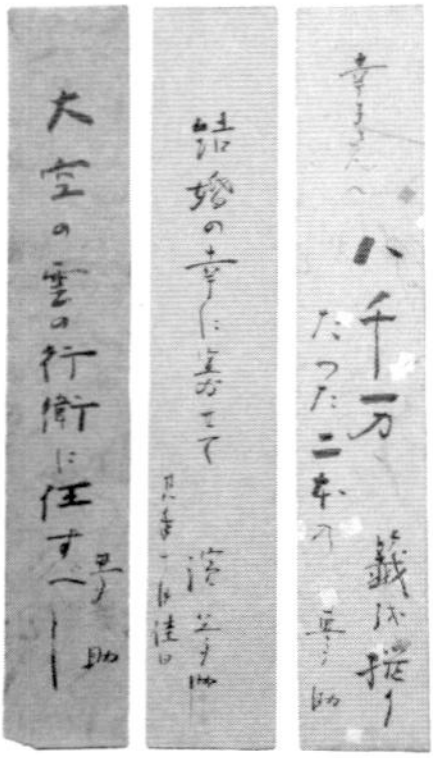

弟子であるちば東北子の結婚の祝吟として贈られた夢助自筆の短冊。右が表面の《八千万たった二本の籤を撰り》、中央が裏面の「結婚の幸に寄せて」のメッセージ、左が《大空の雲の行衛に任すべし》。

川柳宮城野社の定例句会の様子。剣花坊を師と仰ぐ先達・白石維想楼をして「濱夢助氏の柳歴は宮城の川柳の歴史である」と言わしめた通り、夢助門下の川柳作家は現在も全国で活躍している。

晩年の夢助。寡黙な印象が強い彼だが、弟子の伊達南谷子は「豪快なる人格の持ち主である半面、人に接しては軽妙洒脱、無類の諧謔を飛ばして、対者を煙に巻きけろりとして酒杯を挙げる」と夢助の魅力を語っている。

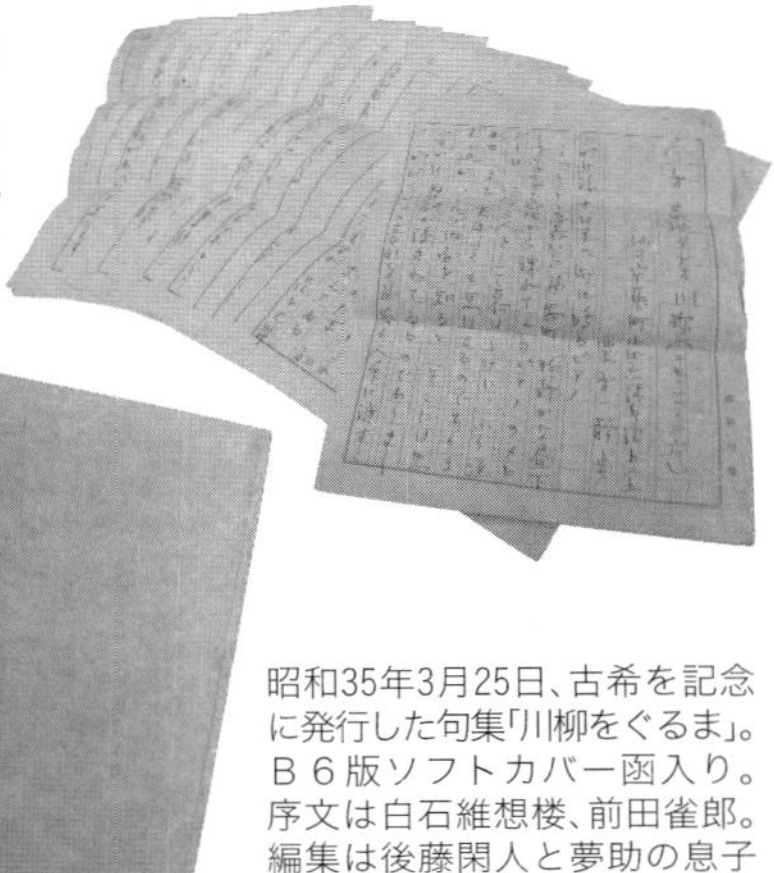

「夢助用箋」の文字のある専用用紙に書かれた、昭和27年11月26日放送の第24回ラジオ川柳用の原稿。一句一句丁寧な解説があり、几帳面な性格が窺われる。

昭和35年3月25日、古希を記念に発行した句集「川柳をぐるま」。Ｂ６版ソフトカバー函入り。序文は白石維想楼、前田雀郎。編集は後藤閑人と夢助の息子の濱漂舟が担当。

右:《人の世の掟厳しき夏羽織》夢助が襖に揮毫した書を軸に仕立てた珍しい一品。佐藤美恵氏所蔵。左:《どの恩を返さう貧の眞只中》夢助肖像は「河北新聞」柳壇の挿絵画家の大羽比羅夫。青山雲龍氏所蔵。

はじめに

誰が言い始めたのか判らないが「東北の川柳の神様」と敬慕された濱夢助師。東北川柳界の大先達として、多くの川柳人を輩出し、また昭和二十二年十月にその夢助師が創立した「川柳宮城野」は、六十周年の節目を迎えた。夢助師の人となりを知る人達も高齢になり、その素顔を聞き一冊に纏めておくにまたとない時宜を迎えたのである。

「川柳宮城野」は創立以来、東北一の規模を誇る結社として現在に到るが、六十周年と言えば人間なら還暦と言うことであり、原点を辿り、創立者の理念を確認するに時宜を得たと思う。発刊にあたり、生誕からご逝去までを辿ってみたが、その文芸の萌芽は学生時代から兆し、川柳の申し子のようでもある。へなぶり、俳句を経て川柳中興の祖、井上剣花坊に心酔し、夢助師は川柳人として確固となってゆく。若くして大人の風格を備え、師の迸る川柳への情熱を本著に汲んで頂ければ幸甚である。

平成十九年九月

雫石　隆子

濱夢助の川柳と独語　目次

資料提供：尾藤一泉／笠原高二／江尻麦秋／青山雲龍／中嶋えい／ちば幸子
濱美澄／佐藤美恵／若山大介／「川柳マガジン」
参考資料：句集「川柳雪國」／句集「川柳をぐるま」／「大正川柳」／「川柳北斗」
「川柳独活」／「川柳研究」／「川柳北上」／「川柳宮城野」

濱夢助の川柳と独語

また、竹を

selected from "Yukiguni"

句集「川柳雪國」（昭和八〜十七年）

星の降るこんな夜だつた咽喉の疵

子が死んで眠り人形が好きになり

若葉から若葉へ廻る三輪車

眞直ぐに行けとレールに教へられ

みちのくの聲咽して低き空

どの恩を返へさう貧の眞只中

東北には東北の気候風土、或いは人情から来る止むにやまれぬ特種の色と匂いがありまして、それが十七文字の川柳という一つの型から生まれてくるのでありますが、句の好し悪しは別問題として是等川柳は人間を歌う詩であるのですから客観的描写より主観を尊びますので、いま我々のやって来ている川柳、所詮東北の川柳は、川柳そのものの使命を果たし得る正道であろうとも考えられるのであります。

（昭和十一年八月放送「川柳夏期講座」）

白かみにかへれぬ我をいとをしむ

四季あり友去り友來る

膝に置く篤農といふ大きな手

白牡丹緋牡丹くづれ夜の底

鍬とれば鍬ペンとなればペンが矛

雪國にうまれ無口に馴らされる

講談社の諸雑誌の投書家であった私は、その二十五年の生活から何時とはなしに先生(井上剣花坊)を追慕して、自分だけに勝手に先生を先生とし自分をその弟子と決めて仕舞っていた。—略— いまや先生は幽明境を異にせられしとは言え、その言、動、また魂は永遠に生きて川柳の上にその慈味を垂れられる事を信じ、その衣鉢の一端をうけついで永却に変わる事なく、先生の御名を汚さぬように誓うものの一人である。

(昭和九年十二月「川柳人」)

島の春ポンポン蒸氣呼びまわり

お彼岸へ釣瓶届いたらしい音

どの無理も聞いてめつきり母白髪

現はれて見れば悪人他愛なし

無縁塚累々として喘ぐ霊

妥協と見せて鉋の搾取

風雲兒だった日もある夜商人

姉イさんの恩人といふ嫌な奴

迎へ火のけむり邪念を拂ふべし

極樂と地獄落花を浴びて説き

風呂敷を裏に包んだ貢ぎ物

良心へ武者振りついた酒の味

太つ腹今日も質屋へ妻を遣り

鈍感に甘じてゐる牛の顔

凡そ世の中に自句の説明ほどキザなものはあるまい。

（「川柳をぐるま」序）

一掬の水を望んで國の汗

夫婦仲見に來て母は叱られる

冷たさは二つに折れし紙の肌

恐縮の下駄は半分外で履き

七轉び八起きそれから死ぬばかり

硬骨の首上を向き上を向き

無軌道を行くには邪魔な五本指

デパートの下に夜店の小さな灯

米を磨ぐ女にこんな険しい眼

粉々になつたガラスの心意氣

いとほしや継しき母も老い給ひ

同情を越してはならぬ垣一重

子があり子があり終生を貧

笊の米ただこれだけに日々追はれ

私は若いころ投稿好きで、講談社やその外の雑誌へ俳句、川柳、短歌、俚謡、都々逸…なんでも出してやりました。二十一歳のときそれらを絞ったのが川柳と俳句だと感じて、それから本式にはじめたのです。そして結局川柳が一番難しい…、川柳は自分を裸にして俎上にのせ、それを客観視しなければならない。

（昭和三十年「河北新報」）

踏切のない人世に憧れる

絶望の呼吸へかざす手の表裏

義理のある仲と判つた壁の影

今宵また欠かねばならぬ義理寂し

断崖絶壁に起つてパンの曲藝

情死を嗤つて崖の夫婦松

ピエローの假面の裏の人間苦

今日もまた酒に殉ぜし友一人

一線になつてレビューの足の春

また竹を割りし悲憤の父を見る

買るものに馬と娘と魂と

浪の嘘怒ると見せてすぐ砕け

烈風に耐えたる蜘蛛を見てゐたり

嘘のない世界へ着いた霊柩車

剣花坊が死ぬとき川柳の心を〝冷刺的洞察、熱愛的共感〟といったが、それだけで決まったものではない。飽く迄も自分の生活に基準をおいて、而も人の誠をうたわなければならない。

（昭和三十年「河北新報」）

甘じて自縛の縄を綯ひつゞく
縄尻を握つた方も飢えてゐる
定命へもう三年の秋の風
罪一つ一つを花輪で隠し
あの雲の果の島にも日本人
心臓を貫ぬく矢數押へつつ
嘘のない九尺二間はもう眠り

早く見て呉れろと花の散る流れ

みちのくの屋根段々と急になり

毒の花今しも膝に緋とこぼれ

正だ邪だ鷲だ烏だそら金だ

死ぬ意地と背中合せに生きる意地

死ぬるかと見たる子の眼と父の瞳と
（父急病）

やがて死ぬ炎ひと時立ち上り

川柳は作り易いが進み難い、やればやる程難かしくなってくるという声をよく耳にしますが、これは常に自己を客観して或いは悔恨、慚愧そのものを作り、作句の三昧境に浸りながらてんでに自己の修養を積む事になるのですから、中々進まない訳でもあります。各人各様に違った性格から立派な人格を築きあげるという過程が川柳道の本当の姿なのです。

（昭和十一年八月放送「川柳夏期講座」）

そこはかとなく秋日和秋日和

本業も素人藝も纏らず

難癖のなかに女の坐りどこ

明日はあすだと枕さゝやく

青天の眞下に栗は芽生へたり

貧苦の人生を確と受けついだ人生

破鏡をこそぐつて秋風のやゆ

松取れば巷の雪は汚れ切り（送別）

新春の児を小さくかため紙芝居

金魚鉢金魚の夢に藻がゆれる

幸福と不幸と夢の紙一重

白露に似し感情を抱き占める

錦着て沙漠に似たる土を踏む

詩を戀ふて詩に痩せ細る一家内

ボツボツ川柳や俳句らしい物を作っては諸雑誌への投稿を始めたのだが、なにも解らぬ者が入選する筈もなく講談倶楽部の如きせめて虫眼鏡で見るような選外佳作組に名前だけでも載ってみたいものだとの悲願を持ちつづけたが問題にならない。然しこうなると意地だ。選者が倦きるか俺が倦きるかの根比べとばかり、押しに押して漸く八ヶ月目に目的の虫眼鏡にわが名を見いだした時はそれこそ天にも昇る心持ちだった。

（昭和二十七年六月「川柳宮城野」）

金儲け知らぬではなし柿熟れん

冷かな金で購はれた人形です

大地震夫婦喧嘩のまんま逃げ

牛は牛だけで行かうよ道千里

子のために涕く母ありぬ夜半の冬

疵一つ机に夢を物語り

死ぬといふ弱味死ねるといふ強味

ともすれば風に逆ふ風ぐるま

軒傾いて一兵を献じ

たゞ一を眞ツ直ぐに引く世に疲れ

うたかたのビールの泡よぐつと干す

颱風をあすにひかへて月涼し

天の川狂女といふが美しき

師の影を七尺去つてアカンベイ

　川柳にもう少し論客が欲しい。斯く言う私など何一つ論ずることの出来ない無学者であり、だらだらと四十余年下手な句を作りつづけた言わば骨董品なので、自分に出来ぬことを他に強いる資格のないのは充分知りつくしているのだが、それにつけても川柳のあとに続く若い人からがくがくの川柳論を聞き、そして川柳作句上に資して戴きたいばかりに川柳にしがみついて生きているのである。

（昭和二十七年「川柳宮城野」）

神さまの御意に叶つて曲る腰

血しぶきの中に軍鶏佇ちつくす

土の子は土にかへれと神の御意

夜ざくらの闇へいきなり大欠伸

吐息して喜劇役者の面をつけ

聖人にまさかと思ふとこで逢ひ

骨肉を貪るに五指また十指

はかなしや吸取紙の淡き戀

自己陶醉に世紀の鐵槌

日盛りのこゝにも女溶けてゐる

唖蝉と知られてからを苛まれ

美しい夢を見てゐる斷末魔

母一人子一人線香花火消え

三界に家なし女美くしく

娘を女学校へやっていても五円の月謝がない、荷物が着いて一円の運賃が払えない。米屋は年に三、四軒は変ったろうか……いまにして思えば、よくこの苦境に堪えて来たと思うのだが、その苦しいさ中にも捨てなかったのが川柳であり俳句だった。

（昭和二十四年「青葉新聞」）

忍耐の一歩手前がおもしろい

笑はせて見たい横座の金火鉢

痩身の兄でつぷりとした次男

雑音の師走を下に眠る山

用意萬端借着で整ひ

木枯のこんな夜だつたもう他人

御破算でまた御破算で十二月

泣き黑子今日も實家へ借りに來る

蛸壺に蛸は見果てぬ春の夢

孝行な子ですが家に居りません

沒落のわが家の上の皆既蝕

獸めく心を神が引き戻し

大喧嘩あとは靜かなものばかり

傷心をみ佛の掌に乘せられる

私は「川柳宮城野」を広い意味での川柳道場と心得、またそうしたいのであって必ずしも一方的でなく、いやしくも川柳の範囲内にあるものは何処までもその人の個性を生かし伸ばしてやりたいと思っている。──略──要はお互いに個性が滲み出るまで真剣に研究練磨することで、川柳の道は広くして遠いのだ。

（昭和二十二年十一月「川柳宮城野」）

小春凪ぽこぽこと詩を讃ふ

石石になじまぬ丸さ持つてゐる

紐多き女となりし忙しさ

春は春のこゝろを奏で廣瀬川

青筋を張るか病ひのいゝ男

貧乏へ捧げつくした男の名

日本のあんな高さに金の鯱

感激の國旗きれいに疊まれる

初夢を問へば笑つたゞけの姉

背負ひ投げを喰つて世間が廣くなり

右の手を呪ひ疲れた左の手

北満に子がある野良を雁帰る

先生はお嫁にいつた桃の花

娘の年を數へつくして春惜しむ

創作…即ち私としての現在の生活が即ちこれである。あらゆる悪条件下に吾れ人ともに血みどろになって戦っているだろう毎日の生活と、私の下手な創作とが比肩するのだから苦しいのも当然である。

（昭和二十六年八月）

椿落つ我に又なき憂あり

約束の柳土曜の月に濡れ

貧乏の手足があまる子の寝床

魂の離るる夜なり星きらら

町内で一番低い軒の雨

手を重ね足を重ねて初對面

葉櫻になるとやつぱり貧乏寺

追憶のひと時甘しヒヤシンス

アルバムを閉ぢてはひらく笑顔あり

夜の蜘蛛しづかに下りし書を閉ぢる

業腹な夜業小石を月へ蹴り

旅といふこゝろ雲湧くまのあたり

人間になる氣する氣の灯を圍み　（長女えい嫁ぐ）

欠点がもうなくなつた棺の蓋

一概にこの滑稽・笑いと言いますが、その笑いの陰に潜む涙、これを一般が見逃しがちではないか？

笑いの陰の涙、従って涙の陰にはユーモアもある涙と笑いの表裏一体、これらを川柳をおやりになる方は見逃してはいけません。

（昭和二十八年「川柳の手引き」）

また、纏う

selected from "Oguruma"

句集「川柳をぐるま」（「川柳宮城野」創刊号から昭和三十四年九月号まで）

鍬きらりきらりめをとの火花する

ランドセルこれや重荷の背負い初め

貧しくも晴着にならぶ子が五人

円舞曲氷上はいま錐をもみ

雪霏々とみちのくは世の底となり

窓までは来てゐる春が掴めない

川柳と言い俳句と言う、同じ十七字の詩型でも名称の異う以上、当然区別はあるべきで同じ俳諧から生まれた出は同じものであるが、おのずと区別されなければならないのは当然であります。

（昭和二十八年「川柳宮城野」）

七夕に多情多恨の雨二日

人の世の掟きびしき夏羽織

とも角もふた親のあるおもしろさ

真夜を抱くわが海鳴りに似し心

独楽澄んで澄んで地軸を貫きぬ

七十にして古来稀なりお邪魔さま
（自嘲）

川柳の三要素と言っても一句一句に、これは風刺句である、これは穿ち一点張り、これはユーモアと別々になっているという訳ではなく、一句に三つの要素をみんな持っているものでもよし、また風刺と滑稽、穿ちと風刺という風に入り交じっていても一向差し支えございません。
（昭和二十八年「川柳宮城野」）

サイレンの二つ目なにもかも動き

旧くゐる友達の味米の味

寒いのを寒いと言ふが人の礼

古妻の顔の佗しや午前二時　（入院四句）

花慰問みにくき日々のわれを愧づ

廻診の白衣が春を截つて去り

外科室のすぐの真下の死体室

厳粛に孤独をまもる鷺の足

酒たばこ止せば滅びる国の民

和尚復員御釈迦さまとも寝ましたよ

絶壁へ来て骸骨の踊るを見

咲いて散るさだめを花の悪びれず

人情を捨てれば強い箸二本

右すれば右する己が影佗し

句会の句にはそう傑作の出ることは稀ですが、句作の練習には大変この句会は便利であり、勉強にもなる。言わば一種の練習道場なのですから、川柳にたずさわる方は全くの初心者と言わず、永年やっている先輩と言わず、つとめて出席すべきものと考えております。

（昭和二十九年）

元日のそれから続く生地獄
春三日すぎて瓦礫の座にもどり
退屈をのし上げてゐる大欠伸
陰つくる孤独を不良児は愛す
サイレンを眼の下に聞き腹が減り
花吹雪酔へば無常もおもしろし
受けつぎし死の刻印を楽しまん

神あるを信じ農婦に陽が沈む

手のとどくとこに枕といふ味方

まくらはずして――枕もおやすみ

神棚は貧しけれども我が家の灯

餅の花その夜きれいな星の夢

羽根高く高く蔵王は霽れ上り

凍てかへるシャツ一枚へ三日月

句会是非論なども昨今言われておりますが、作句の習練場として、句会も大切な一つの役割を持つものと私は確信しています。

（昭和二十九年「川柳宮城野」）

一芸に膝を合せてゐて寒い

連れ小便川柳は詩かはた非詩か

足元に花散るいばり済ましたり

酒魔神を仏を人を遠ざける

陽炎へブランコだけが揺れ残り

揺れ止まぬ風の若葉よ女堕つ

体裁をかざりつかれた腹かげん

寝がへりを打つて醜き世に耐ゆる
ストリップショーへ髑髏は立ちつくし
わが影の色濃きもよし十三夜
秋の雨捨て猫墓地を啼きめぐり
酒飲みの癖をみづから淋しがり
人格にふれて見あぐる菊の白
凡人で仰ぐ日の丸ありがたし

いずれにしても課題の場合は、その出された題についてあらゆる角度からこれを検討する。課題が飲みこめないなら、聞くなり辞書に依るなりしてまずよく調べる。

（昭和二十九年「川柳宮城野」）

人間をみな赤く見る兎の目

金恋うて金を恐るゝ貧の鞭

痩身に旅愁をあつめ蜜柑むく

狂騒の街見下ろして花笑ふ

親は親子は子のこゝろ韮卵

霊感を嘲つて虚無につけ入られ

胸に組む仏の指の美しき

この人に恋もありけり通夜の酒

恩人の墓を雑草から見つけ

中立を称える貧の旗じるし

案山子案山子お前も一本起ちだつた

濤無限湛えて詩人詩に倦まず
（大嶋濤明氏の還暦を祝す）

一ッとせ人は麦でも生きるとサ

本籍を曳きずつてゆく蝸牛

川柳を作る心構え、これに最も大切なことは、あらゆる事象に対して注意深くあれ、事物を凝視すること、いわゆる活眼を開く、これを川柳眼と申します。
（昭和二十九年「川柳宮城野」）

こま〴〵と母の心のたたまるゝ　（嫁ぐ末娘へ）

早梅のそこはかとなく人匂ふ

珍客の雪も親しくふり払ひ

二月の陽追ふて小虫よ生き抜こう

ひな更けて仕丁の脛の冷たかろ

悪魔端麗こゝろの窓を焦きつくす

剃刀の刃渡りをして今日も暮れ

どん底へ悪友だけが来てくれる

バンザイをさせればする児日本の児

フイルムを逆にまはして世を呪ひ

合掌を解けば煩悩追ひすがり

会者定離生者必滅かと笑い

愛別へ男は泣かぬものとされ

炎天を錐もみにしてヨイトマケ

スランプは誰でも一度はやってくるもので、川柳を始めて二、三年、五、六年という人もあれば、十年後にくる人もあります。

（昭和二十九年「川柳宮城野」）

初恋へカンナは燃えてゐるばかり
川柳は喰ひ物でない高笑い
けさもまた虚偽のころもを身に纏ふ
人生を締切る医者の腕時計
秋の蚊帳吊るに物憂き妻の老い
添ひとげてくれた愚妻が恐ろしい
瑞鳳寺人間臭くして帰り　（向山吟行）

君送る駅に秋風だけ残り　（中沢秀弥君送別）

悔多き酒中日記となり終る

ただ黙としてゐる父をいとしがり

蛇穴を出る日次男が家出の日

陰膳は二人妻とも気がつかず

栗に似た岩手むすめに道を聞き

秘仏には秘仏の謎をそのまゝに

句を見る眼と、作句の力とは常に並行するものでありまして、句作がうまくなればなるほど、他人の句の見方、善悪も分かってくる。作品ばかりがよくて、他人の句は意味が分からないと言うことはありません。

（昭和二十九年「川柳宮城野」）

死ぬ日まで生きる権利と義務喘ぎ

ねんごろに叱られてゐる灰ならし

恋は憂しわが昼酒を嗤ふべし

直線を役所と妻に引いて無事

せめてもを我れに味方の十七字

奥州は貧乏どころ米どころ

一粒の米に悲劇の幕があく

林檎くるくる恋なればこそ斯くは剥く

バッカスがきのふを嘘にしてくれる

よるの道おいでおいでの灯が遠い

自嘲する髷を高く評価され

親分に目をかけられた運の尽き

人間に額の疵がしてくれた

ひまにさへなると死神遊びに来

一生に一句、自他共に相ゆるし後世まで残る句、これが一生に一句でも残されたら、川柳人は以て瞑すべきです。

（昭和二十九年「川柳宮城野」）

あばら屋はあばら屋なりに風のうた

軍靴まだ捨てず戦友酒気があり

ハイヒール男の家の方へ減り

絵羽織で来た妹へ改まり

郭公が鳴く末の娘の住むところ

水甕に今日も事なく水あふれ

銀行に盗られる普請出来上り

銀杏落葉貧乏寺を黄に染める

大年の欠伸を夫婦笑ひ合い

芽出度さは聞かれた年をふと忘れ

初詣おもむろに俗はなれゆく

酒の悔いあとの祭が日々つづき

一八を嗤つて紫苑けふも伸び

死神がときどき覗く貧の淵

一生に一句を目標として終生を賭ける、一生の仕事に川柳をするという心境、これは恰も人間が一生かかっても満足にその完成が出来ないのと同じでありまして、言わば、川柳の修行は人間完成への道程に等しく、一口に言えば、そう簡単な遊戯気分ではやれないという結論に達します。

（昭和二十九年）

朝寒の靴をいただく靴磨き

四ン十になつた伜を危ながり

誰も来ぬうつろ心よ冬の雨

凡人で死ぬ幸福を羨まれ

光らせるだけで事足る日本刀

英雄になつたつもりで蟹を喰ひ

いらだちの心を咳にまぎらわせ

仏壇の笑つた写真味気なし

みちのくはコケシが多い雛祭

片愛の親を怨んで出世する

幸福の絶頂にゐて首を吊り

頓死した乞食意外な貯金高

冷酒がお燗になつてからくどい

千載の悔を夜桜だけが知り

川柳の修行は人間の修業でありまして、その間、豊かな常識の養成が望ましいのであります。

(昭和二十九年)

頑としてはいり申さず置炬燵
あす開く花に慕情を秘めて寝る
披露宴一言居士がゐて長い
世紀的見もの戦災地獄図絵
風鈴が死んで長屋を暑がらせ
悠々とかつぎ屋始発駅にあり
一本の藁がからかふ浮き沈み

菊人形程よい暗さ抱いて見せ

映画から帰りわが家を汚ながり

人の世を嗤つてダムの底の松

ミシン踏む足にからまる遺児ひとり

請願の椅子をぐるりと近寄せず

矢車の音を近所に憎まれる

戦前派戦後派お濠境とす

「宮城野」をはじめ東北の川柳家は、一般に閉じ籠もって殻を滅多に破らないのは淋しいことだ。私の手許へは、毎月全国の柳誌がたすう届けられるが、私は何をおいてもまずその戴いた柳誌の隅から隅へ目を通す。そこに我が宮城野誌の同人誌友の名を見たときの喜びは何にも替え難いものがあり、その名のない淋しさはまた名状し難いものがある。どうか私どもの同志諸君にお願いしたい。小さな殻に閉じ籠もることなしに、自分のこれぞと思う柳誌へはどしどし進出して欲しい。

（昭和二十八年）

こんもりと未練を盛つた土饅頭

盆が来た正月が来た――棺が来た

政治からこうなりました屑拾ひ

ふところで解ける拳固を淋しがり

記念品勿体ないがつまらない

間のぬけたものに夜番のひる姿

フラフープふと衛星を想起する

時計まで負けぬ気性を知つてゐる

山門の下は浮世の息づかい

哲学がある母親の白髪染

あめつちを春のつばさがかいいだく

まだ生きる積り血圧気にかかり

たしなみがチラリ一本書架にあり

方言がなんだ俺らは日本の子

同人雑誌の経営はなかなかの難事業であって、人の知と金と閑との三つが揃わなければ永続性がなく、特に人の和を最とする。金にあかした道楽雑誌では、浮沈常なき金が失くなれば霧消するのみである。

（昭和二十八年）

また、酒を

selected from "Miyagino"

（「川柳宮城野」創刊号ほか）

「川柳宮城野」創刊号

新柳誌を剣師の霊に捧ぐ

みやぎ野の末にもひびく咳一つ

残る香をいたはりすぎて血を盗られ

大出水ただ一ぱいの水を戀ひ

茶碗曰く御用納めになるらしい

本當のこころ明かせば遠去かり

今日もまた酒魔と闘ふ帯を締め

決心を強いて風雲足疾い

芒から今日の邪心を掴まれる

コスモスが咲きめぐらした忌中札

想出は果なし船の水尾つづく

俺が首相だつたらと想ふ秋の蚊を叩く

二つある面をかくした熨斗袋

ちっぽけな雑誌ながら「宮城野」には人の和があり、それが何よりの力綱でもある。老人の濱夢助はあす死ぬかもしれぬが、「宮城野」はそう容易くは死なぬと思う。

（「宮城野七十号に際して」）

「川柳をぐるま」拾遺　（昭和二十二年～三十五年）

人格にぴりりとふれる唐辛子

たましいに触れてたましい火花する

二百十日静かに暮れてゆく孤独

魂棚の風がさやかに秋を呼ぶ

正義派を愛し今宵も残る悔

バラックのうまい棟梁だけはやり

右まくら左まくらし思ふこと

六十の手習帳へ書き初むる　（還暦を迎ふ）

万引きの背なの子にある風師走

薄給の父を持つなる手よ足よ

うつし神にあらず天皇われらの祖

あゝ夢で良かった夢を忘れかね

喰ひしばる強さがあつた糸切歯

一句をものする場合、仮名にしようか、漢字にしようか、という場合が時々あるが気を付けるべきだ。唯その場合あくまで自然的であって、わざとらしい所が無い様にしなければならない。

（昭和十六年二月「川柳北斗」）

愕然と酒魔明星を見付けたり

＊

初日影わが生骸を曝したり

梅雨空に押しつぶされて住む小家

有頂天すっぽりはまる隠し穴

雨漏りのリズムけたるし朝の床

ふり返る畜生みちはほむら中

酒止めて見れば気になる酒の汚点
泣き顔が美しいので高く売れ
考えの肩とがりて寒し夜の雪
木枯らしが養老院に突当たり
きさらぎの炉ひに余生をかき起こす
法律を握りつぶして狒々嘲う
残る蚊を叩きそこねた手のこだま

俳句にたとえて見れば、俳句在来の約束を逃がれんとしたものだが、その自由律にも自由律としての一つのリズムが有ってその精神が稀薄になっている。──略──

川柳には約束がないから川柳そのものが自由律と解釈してもいい訳だ。リズムは一つの修練でもあり又我々の言葉が一つのリズムでもあるから句としての纏った精神があれば良いと思う。自由律はややもすると散文的になり易いから。

(昭和十六年二月「川柳北斗」)

目が覚めた午前零時のわが天下

進化論小さくたたみ二食主義

行きずりの妊婦に予感尚寒し

雨の日も風の日もある発車ベル

善人にかえる一ト日の山や川

不作田をつれなく叩く秋の雨

一粒の米に悲劇の幕が開く

口論の果てチャルメラが遠く行く

眠ぷいと魔性に招かれる

戦争はいやだと馬も首を振る

天井を両手で支え不眠症

死神の土産にもらう酒たばこ

米量る音から明ける阿鼻叫喚

心臓を刺す包丁をある日研ぐ

黙阿弥が團十郎に最も良い作者だと言われたのは七五調というリズムに乗せて、せりふを書いたからだと言われた。川柳にしろ俳句にしろ、やむに止まれぬ詩精神の発露であれば其所には何かしら心の感動が現れている筈である。それがリズムとなって現れた場合、定型にしろ自由律にしろ一貫した連なりが出て来ると思う。

（昭和十六年二月「川柳北斗」）

それ農を国是に案山子ゆめをもち

感傷を強いる落葉の二つ三つ

地下道のここにもあつた一ト理屈

さてどこへ捨てようかこの清き一票

俳人のレッテルで春雨に濡れ

掌大の庭に四季あり有難し

底のない柄杓で夏の水を恋い

相次いで人死ぬ秋のおごそかに
さて孫に甲乙はなし七五三
松去りて三猿主義のぢぢとばば
告げ口をまともに受ける鼻の下
一、二駅すぎて故郷をなつかしみ
目薬をさして此の世が短すぎ
良心がゆるしておかぬ顔の色

一ヶ月の休刊も十日の遅刊もせずに満五ケ年間続刊して来た「北斗」の姿を今更回顧するとき、私は畏友岩井東華君と共に秘かに北叟笑みをするのであった。それは、いたずらな気分からでは決してないので常に私が川柳子に説いて来た「川柳は心の糧である」また「川柳は日記である」の本旨から言って東北の乏しい文化記録に一頁の歴史を残したい文学意欲からそもそも「北斗」という貧弱な川柳雑誌を生ましめたのであったからだ。

（昭和十六年八月「川柳北斗」）

まとまらぬ話　葡萄の種のこり

杉山に来てひんやりと人を恋う

また酒を飲まねばならぬお正月

（昭和三十二年）

母に似た妹ばかり可愛がり

ままよ酒天下は好きに任すべし

金あつて餓死をしたのも戦災忌

やりくりに人の古さが役に立ち

台風をむかえ風鈴苦笑い

活花にすねとコスモス頼りなし

啀み合うそれが夫婦の愛憎さ　（昭和三十三年）

つまずいた石振り返り振り返り

艶ぶきん手に奥さまの険しい目

散る花の詩情ゆたけく地に溢れ　（井上信子へ弔句）

鉄線花咲かせて遺児と小さく住む

粗野であり無雑ではあっても東北には東北特有の匂いのある川柳を以て通して来ましたし、またこの後もそうであろうと私だけは信じております。

（昭和十一年八月放送「川柳夏期講座」）

台どこにいて一城のあるじめき

前を行く人が気になる四十すぎ

ふりかえる七十年の夢の春

（昭和三十五年）

ふわふわと回転焼は人を待つ

臆病の性で生涯つつがなし

糸巻に手を貸す愚夫に甘んじる

死病だと解つてからを大事がり

蹌踉と時限へきょうも暮れてゆく

朝ふつと眼が開いたとき生きかわり

遺稿より

老齢のなす事もなく暮れてゆく

老齢の刻々せまる亡父の座

ネヂゆるむ時計の音や夜の秋

欲のない人間と会ふ恐ろしさう

忍耐はいい、忍耐はいいが卑屈であってはいけない。少なくも我々はこの東北の暗さから脱出して、事毎に積極的に働きかける必要があろう。時代は刻々と進んでゆく、も少し明朗にあれよ……斯様に私共は同志の川柳から處世について教えらるる事が数々あるのであります。

（昭和十一年八月放送「川柳夏期講座」）

初時雨ほろほろ涙こぼれけり

＊

夜具ふか〲と現實を遠退け

さて死ぬと決まれば惜しい馬鹿野郎

人間と神様とゐる紙一重

壁にある耳眞實は聞き入れず

銀行の持物といふ壁が落ち

ちち母のいのちを今日も見詰めたり

ふた親に足らぬ子の歳孫の歳

寒々と母ひとり病む晝の月

珠數の輪のもみくだかれて今日も無事

乳の香に親しみ寄りて一家内

澁うちわまた嫌はれにやってくる

いぢめ殺して追善供養

一体川柳を作る、この作るというと大変大袈裟に聞えますが、川柳は心の糧と言われている通り、私共の日常生活の記録が川柳なのでありまして、言わば日記を毎日つけて行くのと少しも変りがありません。

（昭和十一年八月放送「川柳夏期講座」）

金襴の袈裟が包んだ破戒僧

白バラに恥ぢるこゝろの多かりき

雨楚々と女の足の渉らず

麥焼の心ゆたけきけむり直

麥焼の烟村中の霧に溶け

鞦韆やひとり競ふて惡太郎

いさかひの燈に動かぬ冬の蠅

あきびとを人間にする汗の價値

商業報國だなんてまた嘘をつけ

あきびとの小枕かたし朝の霜

奉仕班すゝきに頬を撫でられる

人工衛星働く馬鹿が遠くなり

はしたない自我を通してから悔いる

青春のよろめき其れを恋といふ

嘘偽りを言ったのでは本当の川柳とは言えないので、その意味からも本当の飾らない川柳によって自分達の欠点を潔く摘出し反省する必要があると思います。

（昭和十一年八月放送「川柳夏期講座」）

霧雨に濡れて養老院かへる
大風に怖いものなし無一文
大風一過こんな静かな夜がくる
繃帯を干して村医の治療閑
起ち上がるもの皆すべて神の御意
地軸しかと日本人は握るべし
一癖ありげに見える善人

曲水の座から奈落へ路がつき

どん底へ落ちて安心立命

神しろしめす君に詩あり闘病記

毒の花今しも膝に緋とこぼれ

狒々が冠つてもシルクハット

もう産まぬ女房隣の子が馴染み

よく動く箸頼もしき夜の卓

句は怱忙の間に生まれる。

（「川柳雪國」）

戀かしら戀かしら星美しい

避暑便り俺にはおれの玉の汗

骨壺を叩けばどれも死に切れず

そんな事知つた事かと鳥啼き

レジスターまた今日も歯を喰縛り

いつかしら芯を摘まれた命の灯

ホームランたつた一つの世に疲れ

時は金なり人も金なり

貞操を守り通した泣黒子

ナイスショー大きな欠伸して別れ

漆黒の闇から馴染む君と僕

舎利は土、魂は天、人は空

川柳は当に一兵卒のつもりでやらねばならない。

（「川柳雪國」）

あとがき

「東北の川柳に濱夢助あり」と称され、東北各県の指導者の多くが夢助師に導かれ、また影響下にあった。私たち東北に住むものにとって、川柳の六大家にも匹敵する影響を受けたと言っても過言ではない。まもなく没後五十年を迎えようとしているが「川柳宮城野」の創立六十周年の記念事業に「夢助の川柳と独語」の発刊が企画され、夢助師の足跡を纏めることになった。

私自身は平成十四年四月、宮城野社の五代目主幹に就任したが、三代主幹であった菅原一宇先生に断片的ではあるが、夢助師の人となりを聞いている。師は人情にも厚く、一宇先生が虜囚としてシベリアにあったときは、残されたご家族を幾度となく訪問して励まされたというエピソードが残っている。仙台一の繁華街である一番町に育ち、生い立ちからも文芸に深く拘ってゆく道程が見えてくるが、市内の句会に飽き足らず、大会や句会をめがけて一人上京して、放浪したことも語られている。

どの恩を返へそう貧の眞只中

温厚、篤実なる夢助師。人の善い父親が保証人となって作った借金に、ま向かう姿がこの一句になった。しかし、この家庭的な事情が師をして文芸に走らせたのである。

雪國にうまれ無口に馴らされる

作品は人なり、無口は東北人の特性でもあるが、残された川柳、独語は雄弁に師の姿を物語る。
昭和十二年十月に創刊された「川柳北斗」は、昭和十七年の九月で休刊となり、戦後に一年余の復刊を経て、一部の弟子が「杜人」を起ちあげ、昭和二十二年九月に「川柳宮城野」として新生したのである。創立同人として、後に二代目主幹となる後藤閑人、伊達南谷子、菅原一宇など七十九人の同人を擁する、堂々たる出発であった。

平成十九年の現在は、肥沃な土壌として、創立時の何倍もの規模となり一号も欠けることなく六十ページを超える月刊誌として川柳界に送り出されている。ここに改めて創立者である夢助師の理念に触れ、今後の「川柳宮城野」の糧になることを期待したいと思う。末筆になりましたが、本著の発刊にあたっては師のご長女、中嶋えい様に多大なるご支援を賜りました。傘寿を超えて矍鑠としてご健在にお過ごしであり、父上の遺徳を偲んで本著の企画にご賛同頂きました。柳友の皆々様、新葉館の竹田麻衣子さんには一方ならぬご協力を頂きました。衷心より厚く御礼申し上げます。

平成十九年九月

雫石　隆子

【編者略歴】

雫石 隆子（しずくいし・りゅうこ）

1946年　宮城県松島町に生まれる

1980年　福島県郡山市で川柳を始める

1982年　仙台市に転居後、大島洋主宰の「海の会」に入会

1985年　「川柳宮城野」入会。1988年、宮城野社編集同人

1998年　宮城野社編集長。2002年、川柳宮城野社主幹

現在、宮城県川柳連盟理事長、（社）全日本川柳協会常任幹事（社）宮城県芸術協会理事、著書に「樹下のまつり」

濱夢助の川柳と独語

新葉館ブックス

○

平成19年 10月13日 初版

編　者

雫　石　　隆　子

発行人

松　岡　　恭　子

発行所

新　葉　館　出　版

大阪市東成区玉津1丁目9-16 4F　〒537-0023

TEL06-4259-3777　FAX06-4259-3888

http://shinyokan.ne.jp

印刷所

FREE　PLAN

○

定価はカバーに表示してあります。

ISBN978-4-86044-320-7